난 학교 밖 아이

창비
청소년
시선
08

난
학교 밖
아이

김애란 시집

창비

차
례

제1부

괜찮아

제2부

아빠가
가출했다

제3부

오총사
탄생기

제4부

데굴데굴
굴러서라도

제1부

괜찮아

절실한 이유

자퇴를 해야겠다고 생각한 지도
벌써 한 달이 넘었다
절대 후회하지 않으려고
곱씹고 또 곱씹었다

학교를 다녀야 하는 많은 이유보다
학교를 그만두어야 하는 단 한 가지 이유가
더 절실하지 않기를
기도하고 또 기도했다

내 기도를 들어주기에
하느님은 너무 바쁘신가 보았다
나는 자퇴서를 냈다
숙려 기간도 없이
엄마가 자퇴서에 사인하는 것으로
모든 게 끝났다

누구는 영화감독이 되려고

누구는 내신 때문에
누구는 밤낮없이 해야 하는 공부가 싫어서
자퇴를 했다고 한다

학교를 그만둔 아이들에게 절실했던
꿈과 내신과 공부 스트레스
그리고 내게 절실했던
단 한 가지 이유!
우리는 학교를 떠날 수밖에 없었다

괜찮아
학교를 나오며
엄마가 내 손을 꼭 잡았다
햇살이 유난히 반짝거리는 하굣길이었다

난 삐딱한 게 좋아

한쪽 다리 건들거리면서
삐딱하게 서 있는 게 좋아
다리 꼬고 앉아
떨어 대는 것도 좋아
그러고 있으면 내가 꼭
힘센 건달이 된 것 같거든

공부 좀 하라는 엄마 말에는
싫은데
게임 좀 그만하라는 아빠 말에는
내가 왜?
삐딱하게 대답하는 게 좋아
그러면 내가 꼭
갱의 두목 같거든

다들 나한테 왜 만날
삐딱하게 구느냐고 야단치지만
생각해 봐

꼿꼿이 자라는 나무와
삐딱하게 자라는 나무

애들이 어디에서 놀지?
어디가 재밌을 거 같아?
어디에 기대고 싶어?
어디가 편할 거 같아?

지우와 나

중학교 때 내 단짝 지우는
툭하면 지각하고 뻑하면 무단결석을 하더니
2학년 겨울 방학 때 자퇴를 했다
지우가 자퇴하자 엄마는
지우와 놀지 말라고 반강제적으로 말했다
나는 엄마 몰래 지우를 만났다
지우는 화상 자국을 지우려고 화장을 짙게 했고
자기를 버린 엄마 아빠가 밉다면서 담배를 피웠다
지우는 내가 고등학생이 되었을 때
다시 중학생이 되었다
나는 고등학교를 다닌 지 석 달 만에 자퇴를 했다
그러자 많은 친구들이 핑계를 대며 만나 주지 않았다
내가 전화를 하면 오직 지우만이 달려온다
학교를 그만두겠다고 했을 때
담임 샘은 많은 것을 잃을 거라고 말했다
샘 말대로 나는 많은 것을 잃었다
그래도 끝까지 내 곁을 떠나지 않는
지우가 있어서 견딜 만하다

어제는 엄마가 내게 말했다
지우가 고맙다고 예전엔 미안했다고

한동안

여행 삼아
시골 할머니 댁에나 좀
다녀오라는 엄마 말도
들은 체 만 체
잠만 잤습니다

아무것도 보기 싫고
아무것도 듣기 싫고
아무것도 하기 싫어서
죽은 듯이 잠만 잤습니다

학교를 그만두면
엄청난 자유와
엄청난 꿈과
엄청난 행복……

엄청난 그 무엇이
기다리고 있을 거라

기대한 건 아니지만

기다리고 있는 게
아무것도 없다는 현실이
믿어지지 않았습니다

봄날

식탁에 사기그릇이 떨어졌다
사기그릇은 이빨이 빠졌고
식탁 유리에 금이 갔다
꿈틀, 애벌레가 움직이는 게 보였다
잘못 보았겠지 꿈틀, 꿈틀……
수많은 애벌레들이 기어 다니고 있었다
식탁 유리에 간 금이 나뭇가지처럼
뻗어 나고 있었던 것이다
잔가지를 치면서

봄날, 상처가 소리 없이 길을 간다

식탁 위
애벌레는 자라서 뱀이 되었다
뱀은 종횡무진 식탁을 누빈다
마침내 식탁 유리가
산산조각 제 몸을 풀어 버렸다

열일곱 해 나약한 내 생이
저렇게 산산조각 나면 어쩌나
겁나는 봄날이었다

하느님은 알지요

자퇴서를 내고 처음으로 찾아간 곳은
알바를 구한다는 중국집이었습니다
자퇴생은 안 쓴다는 중국집 주인아저씨 말대로
나는 중국집 알바도 할 수 없습니다

친구들이 보고 싶어 찾아간 학교
우리 엄마가 너랑 놀지 말래
저희들끼리 시시덕거리며 멀어져 간 친구들 말대로
나는 학교 친구들과 놀 수 없습니다

어디로 가는지도 모른 채 무작정 걸었습니다
우주 미아가 되어 별과 별 사이를
둥둥 떠다니는 기분이었습니다
행인과 어깨를 부딪칠 때마다
얻어맞는 기분이 들었습니다

아, 나는 왜 그런 기분이 들었을까요?
그건 아마도 내가 외롭기 때문일 겁니다

그래요
다른 애들처럼 학교도 안 다니고
알바도 할 수 없고
친구랑 놀 수도 없는 애
그게 바로 나니까요

그래도 하느님은 아실 겁니다
난 친구들을 미워하지 않으려고
학교를 그만둔 아이라는 거

중증 아토피 몸으로 하루 여덟 시간을
꼬박 버티고 앉아 있다 보면
피부 좋은 친구들이 부럽다 못해
미워지기 시작한다는 거
친구들을 미워하는 마음이
가려움을 견디는 것만큼 괴롭다는 거

하얀 알약

학교를 안 가니 갈 데가 없네
카페 노래방 놀이공원……
이따금 친구들과 같이 갔던 곳
다 그대로 있는데
혼자 가긴 정말 싫네

갑자기 변해 버린 상황 때문에
난 아주 깊은 우울에 빠졌어
아무리 빠져나오려고 해도 나올 수가 없네

우물에 빠진 청개구리를 본 적 있니?
우물 벽을 기어오르다가 퐁당 퐁당 퐁당……
몇 번이고 물속으로 떨어지던 청개구리
내가 꼭 그 청개구리 같아

그래서 하얀 알약을 삼키는 거야
알약은 나를 우울이라는 우물에서
건져 주는 두레박이야

언젠가는 두레박 없이도
이 깊은 우물에서 빠져나갈 수 있을 거야
조그만 발가락으로 우물 벽을 움켜쥐고
끝끝내 기어 나온 청개구리를 본 적 있어

벽은 길이다

너와 내가 달라도 너무 다르다고
그게 넘을 수 없는 벽이라고
너는 냉정하게 돌아서 버렸지

오늘 검정고시 학원 가면서
너네 학교 담장을 기어오르는
담쟁이넝쿨을 보았어
담쟁이한테는 벽이 길이더라

벽만이 어딘가에 닿을 수 있는
오직 한길이라도 되는 양
온통 푸른 잎을 흔들면서 기어오르고 있더라

너도 그냥 지나치지 말고 한번 봐 봐
벽돌 사이사이 시멘트로 채워져
빗물 한 방울 스며들 것 같지 않은 벽이
어떻게 수천수만 푸른 담쟁이 잎으로 뒤덮이는지

나도 담쟁이처럼 네게 갈 거야
싱싱하고 푸른 그리움을 흔들며
너에게 갈 거야

날개야, 돋아라

겨드랑이가 가렵기에
날개가 돋으려나
했던 때가 있었습니다
구석구석 온몸이 가렵기에
수십 개 수백 개 날개가 돋으려나
했던 때가 있었습니다

일 년 이 년 삼 년……
날개는 돋지 않고
긁적 긁적 긁적
상처투성이인 내가
책을 펴 놓은 채 쪼그리고 앉아 있습니다

왜 내 어린 시절의 꿈은
이루어지지 않는 걸까요?
헛된 꿈이라서일까요?
헛될지언정 다시금 꿈꿔 보렵니다

날개야, 돋아라
날자 날자 날자 한 번만 더 날자꾸나
한 번만 더 날아 보자꾸나*

세상에서 가장 힘센 말

세상에서 가장 힘센 말을 아시나요?

사막 한가운데를 걸어가다가
더 이상 한 발짝도 내딛기 힘들 때
올라타면 지친 나를 태우고 터벅터벅
낙타처럼 끈기 있게 걸어가는 말

외롭고 추운 눈밭에서도
나를 떨어뜨리지 않고 터벅터벅
소처럼 묵묵히 걸어가는 말

아무리 추울 때도 체온이 내려가지 않아
그 말 등에 타기만 하면
핫팩을 백 개는 가진 것 같은

내겐 그런 말이 있는데요
나는 가끔씩 그 말에 올라타요

학교를 그만둔 날
엄마가 내게 해 준
괜찮다는 말

난 마네킹

세상은 참
조용하기도 하지
차들은 소리 없이 흘러 다니고
사람들은 말없이 지나가 버리네
친구들이 발길 멈출 때마다
내 가슴은 사정없이 뛰는데
친구들에겐 내 심장 소리 들리지 않고
얘들아, 내게 말을 해 봐
아무리 외쳐도 내 입은 움직이지 않지
친구들은 내게 말 걸지 않는 세상
유리에 이마를 찧고 싶은 충동을 삼키지만
목젖도 움직일 수 없는 난 사람도 인형도 아닌
그저 키 큰 슬픔 덩어리일 뿐

문만 열리면 세상은
왜 저리 시끄러운지
세상 모든 움직이는 것들은
소리를 내네

입이 있는 것은 입으로
입이 없는 것은 몸으로
바로 앞 큰길에서 친구들
나를 보며 비웃는 걸
난 두 눈 부릅뜨고 보고 말았네
감겨지지 않는 눈이 내 뒤통수였다면 얼마나 좋아
뒤통수로는 아무것도 볼 수 없지

하루에 몇 번씩 친구들
깔깔거리며 내 앞을 지나갈 때마다
가슴 설레며 기다리지만
단 한 번도 내게 말 걸지 않지
그저 바라만 보다가
잘못 불어온 바람처럼 휙 지나가 버리지

조용하고 시끄러운 세상에서 나는
자꾸만 소리 지르지
얘들아, 내게 말을 해 봐
아무리 외쳐도 내 입은 움직이지 않네

퍼즐 카페에서

친구들이 오지 않는 시간
카페 구석진 자리에 앉아
치르치르와 미치르 퍼즐을 맞춘다
탁자 가득 퍼즐을 쏟아 놓는다
탁자 여기저기 조각난
치르치르와 미치르가 흩어진다
여기엔 치르치르 모자가
저기엔 미치르 신발이……
치르치르와 미치르가 부지런히
파랑새를 찾아가는 사이
난 부지런히 퍼즐을 맞춘다
치르치르 모자에 다이아몬드를 박고
미치르 앞치마에 레이스를 단다
부리가 예쁜 파랑새는 날려 보낸다
파랑새가 날아간다
카페 창문을 넘어
골목을 벗어나
익숙한 하늘을

재빠르게 날아간다

친구들아
부리 고운 파랑새가
교실 창문을 기웃거리거든
얼른 파랑새 등에 올라타고 와라

다이어트

요즘 내 그리움은
너무 살이 쪘다
아침 점심 저녁
세끼 말고도
하루 서너 차례씩
새참을 먹어 대더니
눈에 띄게 몸집이 비대해졌다

아침 안개가 필 무렵이나
석양 무렵이면
뒤꿈치를 들고 가벼이
시간의 뒤뜰을 거닐던 게
며칠 전부터는 아다지오 템포로
뒤뚱거리기 시작했다

나는 내 그리움에
다이어트를 실시하기로 했다
학교를 아주 잊기로 했다

민들레학교

고1 때 같은 반이던 키 큰 연주는
교실 뒤에 앉아
머리는 없고 몸통만 있는 친구들 보는 것이
끔찍하다며 자퇴하고 대안학교로 갔다
언제든 놀러 오라는 연주 전화 받고
연주네 학교로 달려갔다
학교라 하기엔 작아도 너무 작은 학교
이름도 예쁜 민들레학교
꼭 우리 시골 할머니네 집처럼 정답게 생겼다
나무 대문을 들어서면
널찍한 뜰에 들꽃들이 무리 지어 피어 있고
징검돌도 정겹다
할머니, 하고 부르면
할머니가 맨발로 뛰어나와 안아 줄 것만 같은 집
할머니 품처럼 푸근하게 느껴지는 학교라서일까
연주는 연신 방글방글 들꽃처럼 웃었다

차라리

수천수만 개 바늘이 찔러 댄다
세상의 모든 털이 날아와 간질인다
수업이든 자습이든 집중할 수가 없다
집중하려 하면 할수록 아토피는
나한테 집중해, 나한테 집중해
귀찮게 군다 짜증 나게 군다 우울하게 한다

돗자리 위에 벌렁 누워 등을 비벼 댄다
손이 닿지 않는 등을 긁는 데는 제일이다
손가락이 부은 엄마한테 긁어 달래기 미안하다
내 방에는 언제나 돗자리가 펴 있다

내가 돗자리에 누워 비비적대는 동안
엄마가 어성초를 달인다
달개비풀 달맞이꽃씨 쇠비름 우엉……
엄마는 아토피에 좋다면 뭐든 구해 온다
엄마의 맹신은 막을 수가 없다

맛없는 약초를 먹는 것보다 차라리
오징어가 되는 게 좋겠다
열 개나 되는 길고 유연한 다리로
온몸 구석구석 긁을 수 있으면 좋겠다

내 사랑은

몇 번이고
너의 핸드폰 번호
마지막 숫자를
누르려다 만다
망설임도 사랑일까
용감했으면 좋겠다
내 사랑은

눈이 와……
눈 오면
눈송이 같은 문자를
액정 가득 날려 보내고
보고 싶어!
비 오면
빗줄기처럼 쏟아지는 그리움을
좍좍 그어 보내도 좋을
그런 사랑이었으면 좋겠다
내 사랑은

괜찮아

학교를 그만둔 날 엄마가 말했습니다
괜찮아
너는 너를 해방시킨 거야
용감하구나

괜찮지?
정말 괜찮지?
난 날 해방시킨 거야, 그치?
무지 용감해, 맞지?

그날 밤 나는 보았습니다
캄캄한 베란다 화분 뒤에서
들썩거리는 검은 그림자

그게 파초 이파리였으면 좋겠다고 생각했습니다

제2부

아빠가
가출했다

길

난 뭐가 되지? 뭘 할 수 있지?
어느 길로 가야 하지? 길은 있을까?
묻는 내게 엄마는 생뚱맞게도
큰 사거리 케이마트에 갔다 오란다

가서 니 젤로 먹고 자픈 거 사 온나
꼭 사거리 케이마트여야 하는 기라

꼬깃꼬깃 구겨진 5천 원짜리 한 장을
내 손에 꼭 쥐여 주셨다
왜 하필 길도 잘 모르는
남의 동네 케이마트일까

골목길을 벗어나
장미꽃 흐드러지게 핀 동네 슈퍼를 돌아
소망약국을 지나 편의점 파라솔 밑에서
어느 쪽 길로 갈까 잠시 망설이다가
벽화가 그려진 담장 길을 걸어 케이마트에 가서

땡볕 때문에 제일 먹고 싶어진 아이스크림을
골라 담아 열 개에 4900원에 사 왔다

집에선 안 보이던 길이
나가니께는 보이제?
것도 이 길 저 길 많이 보이제?
똑같은 기라
지금은 암것도 안 보이고
똑 죽을 거맹키로 막막한 거 같아도
일단 나서면 보이는 게 길이래이
가다 보면 없던 길도 생긴대이
길이 끊기몬 돌아서면 되는 기라
그라믄 못 보고 지나친 길이 새로 보이는 기라
어디든 길은 쌔고 쌘 기라

가슴이 뻥

왠지 가슴이 답답해서
뭐라도 막 두드리고 싶을 때가 있다

우리 동네에 드럼 학원이 새로 생겼는데
주인집 창오 녀석 드럼 배운다며
드럽게 자랑해 댄다

나도 드럼 배우고 싶어서
안 될 걸 빤히 알면서
엄마한테 드럼 학원 보내 달라고 졸랐다가
욕을 바가지로 먹었다

이누므 시키가 정신이 있나 없나?
뭐어? 드럼?
니 엉덩짝을 드럼맹키로 두들겨 보까?

안다 나도 잘 안다
일용직인 아빠는 일 년에 일 없는 날이

일 나가는 날보다 많고

엄만 왼쪽 어깨 힘줄이 끊어져
수술해야 하는데
수술비 없어서 못 하고 있는 거

식탁에
냄비 밥그릇 국그릇 바가지 양푼 컵 프라이팬
있는 대로 꺼내 놓고 두드려 댔더니
가슴이 뻥 뚫렸다

아빠가 가출했다

모퉁이가 가까워질수록
내 발걸음은 점점 느려집니다
모퉁이를 돌면 파란 대문이 보이고
파란 대문을 열면 거기에 또 무슨 일이
나를 기다리고 있을까
생각만 해도 겁이 납니다

주머니에서 풍선껌을 꺼내 씹었습니다
껌을 씹으면 왜 그런지 겁도 덜 나고
화도 좀 가라앉는 것 같습니다

껌 씹는 버릇이 생긴 건 그때부터입니다
아빠가 집을 나간 그때
엄마와 대판 싸우고 집을 나간다는 것
그런 건 얼마든지 있을 수 있습니다
나도 엄마와 싸우고 집을 나간 적이 있으니까요

문제는 그다음입니다

밤늦게라도 돌아오느냐 안 돌아오느냐
난 우리 집 시계가 열두 번 울리기 전에 돌아왔습니다
그런데 아빠는 한 달이 지난 지금껏 돌아오지 않았습니다

엄마 아빠가 싸운 것도 나 때문이고
아빠가 집을 나간 것도 다 나 때문이라는 생각이
자꾸만 나를 괴롭힙니다

그래서 잠시
멀리 떠나겠다던 유일한 내 꿈을 접기로 했습니다
나마저 가출하면 엄마한테 너무 미안할 것 같습니다
그냥 껌이나 씹으면서 견뎌 보렵니다

스포츠머리 엄마

아빠가 집을 나간 어느 날
엄마가 긴 머리를 자르고 왔습니다
거추장스럽다며 자르려 할 때마다
아빠가 말렸던 게 기억납니다
스포츠머리를 하고 온 엄마
나도 모르게 "누구세요?"
묻고 말았습니다
"아빠, 이제부터 내가 니 아빠야."
낮고 굵은 엄마 목소리
오싹 소름이 돋았습니다

아빠가 떠난 지 한 달 만에
스포츠머리 엄마와 살게 되었습니다
스포츠머리 엄마는 마트 일 말고도
식당 시간제 알바도 뛰고
양말도 떼다 팝니다
엄마가 바쁠수록
내 라면 끓이는 실력이 늘어 갑니다

스마트폰 속 사진도 늘어 갑니다

심심할 때마다 사진을 찍어 댑니다
김이 모락모락 올라오는 라면도 찍고
셀카도 마구 찍어 댑니다
스포츠머리 엄마도 찍습니다
스포츠머리 엄마는 긴 머리 엄마보다
훨씬 못생겼습니다
엄마가 다시 긴 머리를 하면 좋겠습니다

옥탑방

새로 이사 온 옥탑방은
잘못 내려앉은 찌그러진 비행선마냥
3층 옥상에 납작 엎드려 있었습니다

빨간 딱지가 없는 곳이라면
어디든 좋다고 했지만
막상 코딱지만 한 옥탑방을 보니
기분이 이상했습니다

엄마가 구석에 놓인 빈 화분을 보고
쑥갓을 심으면 좋겠다고 했습니다
쑥갓은 내가 좋아하는 채소입니다
삼겹살을 싸서 먹으면 끝내줍니다

"가지도 심자."
내가 말했습니다
가지는 엄마가 좋아합니다

"고추도."
나랑 엄마랑 동시에 말했습니다
고추는 아빠가 참 좋아합니다
고추만 있으면
밥 한 그릇 뚝딱 먹어 치웁니다

고추를 심으면
따 먹을 때쯤
아빠가 돌아올까요?

유일한 증거

아빠가 떠나고 나자
엄마가 아빠가 되었습니다
짧은 스포츠머리에 누런 점퍼
검은 운동화 불퉁한 목소리

아빠가 된 엄마는 아니 아빠는
아침 일찍 일 나가서
저녁 늦게 돌아옵니다

밥도 먹는 둥 마는 둥 하고 누워
곯아떨어지기 일쑤입니다

쉬 푸우 쉬 푸우……
숨소리가 숨넘어갈 듯
아슬아슬합니다

으, 으 으 으……
이따금 가냘픈 신음 소리가

새어 나옵니다

이때만큼은 아빠는 다시 엄마가 됩니다
이따금 나는 아빠가 잠든 방에서
엄마를 주무릅니다

으으, 으, 으으으……
엄마 신음 소리가 듣기 좋다고 하면
나쁜 자식일까요?

가냘픈 신음 소리가
내게도 엄마가 있다는
유일한 증거인데 말입니다

거미

처마 밑에 박혀 있는 대못에
거미가 집을 지었습니다
처마 끝에서 대못으로 이어지는
유연한 거미집
대못이 주춧돌인 셈입니다

아빠가 집을 나가면서 박힌
내 마음속 대못을 주춧돌로 삼아
저렇게 유연한 집을 지을 수 있을까요

미풍에도 출렁거리는 거미집엔
거미줄 한 가닥 길게 늘어져 있습니다
그 끝에 거미가 매달려 흔들립니다

내 마음속에 집을 짓는다면 나도
한 가닥 그리움을
길게 늘여 놓을 것만 같습니다
매일 그리움 끝에 매달려

아빠를 기다릴 테지요

만우절

대학생인 언니가
고등학교 교복을 입고 등교 준비를 합니다
미쳤어? 왜 고딩 옷을 입고 난리야?
의아한 눈으로 쳐다봤더니 하는 말
몰랐냐? 니 대신 내가 학교 더 다니기로 했잖아
뭐래? 휘둥그레진 내 눈을 들여다보며 깔깔대는 언니
사월 바보가 요기 있네, 하며 내 볼을 꼬집습니다

언니는 빵빵한 가슴과 빵빵한 엉덩이를
적나라하게 드러내고 학교에 갑니다
야간 알바 주말 알바 방학 단기 알바
알바에 지친 언니가
오늘은 모처럼 신바람이 났습니다

언니는 학교 가서 실시간으로 카톡을 보내옵니다
엄마한테도 보내는지 연신 신호가 옵니다
엄마가 카톡을 보면서 맘껏 웃지 않는 건 아마도
고교 시절을 몽땅 날려 버린 나 때문일 겁니다

교복을 입고 싶어도 입을 수 없는 나 때문일 겁니다

언니가 젤 예쁘다, 그치?
엄마가 고개를 끄덕이며 웃습니다
엄마가 웃으니 미안한 맘이 덜해집니다

* 요즘 일부 대학생들 사이에 학교 축제 때나 만우절에 고등학교 교복을
입고 등교하는 문화가 있음.

초록 손가락

엄마가 가꾸는 화분에 박혀 있는
길쭉한 초록색 손가락

"니 눈엔 난초도 손가락으로 보이냐?"
엄마는 난초라고 하지만
"엄만 손가락도 몰라요?"
난 끝끝내 손가락이라고 우긴다

엄마가 알아줬으면 좋겠다
졸려 죽겠는데
"수학 문제 더 풀고 자."
할 때면 저렇게
손가락을 쭉쭉 뻗어서
"싫어요."
말하고 싶은 내 마음

"문창과 말고 물리치료과 가."
할 때면 저렇게

"안 돼요."
손사래 치고 싶은 내 마음

"시 나부랭이 그만 읽고 공부나 해."
핀잔하는 엄마한테
"걱정 말아요."
말하고 싶은 내 마음

키 큰 내 초록 손가락

비모란 선인장

내 책상 위에 빨간 비모란
초록색 삼각주 위에 올라앉아
한껏 자태를 뽐내고 있다

비모란은
스스로 광합성을 할 수 없어서
초록색 삼각주에 붙어서
자라야 한다고 한다

어쩌면 나도 비모란일지 모른다
엄마 아빠 언니
가족이라는 삼각주 위에서만
예쁘게 피어나는 비모란

아빠가 빠져나간 삼각주 위에서
가시만 비정상적으로 커지는 걸 보면

오도독오도독

엄마가 밤 쪄 놓을 테니
낮에 먹으란다

날밤이 좋다고
생밤 같은 거짓말을 했다

엄마 마트 일 나가고
언니 알바 가고
혼자 심심한 주말

오도독오도독
생밤 씹는 소리 듣는다

오늘은 껌 씹지 않아도 되겠다

양말 장수

우리 집 강아지 사랑이는
냄새나는 양말을 참 좋아한다
빨랫대에 널려 있는 새 양말은
거들떠보지도 않으면서
벗어 놓은 양말은 좋아라고 물고 간다
식구들이 나갔다가 들어와서
양말을 벗고 있으면
앞에 와서 꼬리를 살래살래 흔든다
양말 물어 가려고 기다리는 거다
물고 가서는 제 집에 감춰 두려는 거다

나는 빨래 돌릴 때마다 사랑이한테서
양말을 빼앗으려고 하지만
사랑이는 안 뺏기려고 양말을 깔고 누워 버린다
먹을 걸 줘야 순순히 내놓는다
냄새나는 양말만 모아다 파는 사랑이는 알까
우리 집 양말이 왜 다 똑같은지
나도 친구들처럼 캐릭터 양말 신고 싶은데

엄마가 팔다 남은 양말에는 캐릭터 양말이 없다

달맞이꽃

친구들과 공원에 갔어 공원 한쪽에
달맞이꽃이 노랗게 시들어 가고 있었어
애들은 시든 꽃도 예쁘다고 호들갑을 떨었지
나는 속이 울렁거렸어

약으로 달맞이꽃씨 기름을 아침 점심 저녁
한 숟가락씩 먹으면 노란색만 봐도 울렁거려
그런데도 내 피부는 왜 이렇게
벌겋고 가렵고 짓무르는 거지
식초 어성초 달개비 우엉 달인 물……
달맞이꽃씨 기름 다 먹어 봤는데 낫지를 않네

욥은 기왓장으로 피 나도록 긁어 대면서도
하나님을 원망하지 않아서 복을 받았대
근데 난 자꾸 하나님이 원망스러워
엄마 아빠도 원망스러워
달맞이꽃도 달개비꽃도 다 싫어

희고 고운 피부가 아니라도 좋아
그냥 가렵지만 않으면 되는데
그게 왜 나한테는 이토록 어려운 거야?

화풀이

우리 집 옥상에 누런 물탱크가 하나 있습니다
쩍쩍 금이 간 물탱크 표면에
누군가 삐뚤빼뚤 써 놓은 글씨들이
금을 따라 까만 씨앗처럼 뿌려져 있습니다

노랑할미새 직박구리 딱따구리 독수리 매 꿩 비둘기 갈
매기 도요새 뾰족부리새 가시검은딱새 키위새 투칸……

세상의 새란 새는 다 모여 있습니다

풀흰나비 기생나비 봄처녀나비 부처나비 독수리팔랑나
비 유리창나비 공작나비 긴꼬리제비나비……

듣도 보도 못한 희한한 나비도 많습니다

엄마 아빠가 이혼하려 한다는 걸 몰랐던 건 아니지만
그 말을 들은 지금 가슴이 답답합니다
비가 쏟아졌으면 좋겠습니다

홍수가 져서 모든 걸 다 쓸어 가 버리면 좋겠습니다
물탱크라도 쩍 갈라져서
물바다가 되면 좋겠습니다

주먹으로 힘껏 물탱크를 쳐 댔습니다
물탱크는 깨지지 않았습니다
작은 새 한 마리 날려 버리지 못했습니다
가냘픈 나비 한 마리 죽이지 못했습니다

깨진 건 내 주먹이고
날아간 건 내 살점이고
죽은 건 내 손톱이었습니다

내가 라면을 먹는 이유

엄마를 기다리며
라면을 끓여 먹는다
혼자 먹는 라면은
처음 반은 맛있는데
나머지 반은 맛이 없다
그래도 다 먹는다
그래야 잘 때 덜 배고프니까

라면을 다 먹고 설거지를 한다
우리 집 고무장갑은 언제나 왼쪽이 먼저 샌다
그래서 오른쪽 고무장갑을 뒤집어서 쓴다
오른쪽 빨간 고무장갑과
왼쪽 하얀 고무장갑이 설거지를 한다
국물 한 방울 남기지 않은
노란 냄비를 빡빡 문질러 닦는다

설거지를 안 해 놓으면 엄마가 와서
왜 또 라면을 먹었냐고 막 화를 낸다

엄마는 모른다
혼자 먹는 라면은 그래도 반은 맛있지만
혼자 먹는 밥은 처음부터 맛없다는 거
시어 터진 김치 짜디짠 콩자반 눅눅한 김
맨날 먹는 반찬은 목에 걸린다는 거

잠꾸러기 미래

길에서 주워 온 돌을
이제부터 내가 키우기로 했다
지금까지 무슨 이름으로 불렸는지 모르지만
과거는 이제 잊어
너에게 새로운 이름 미래가 있어

우선 미래를 깨끗이 씻겨 주었다
처음 볼 때보다
훨씬 더 예뻐졌다

손수건으로 미래 둥지를 만들고
가만히 놓아 주었더니
피곤했는지 잔다 꼼짝 않고 잔다
나도 미래 옆에서 잤다 쿨쿨 잤다

깨어 보니 미래는 아직도 잔다
와,
자는 게 미래의 주특기인가 보다

잠꾸러기 미래가 있어서 좋다
같이 잘 친구가 있어서 참 좋다
나는 또 잤다 미래랑 같이

데굴데굴

내 애완돌 미래는
잠을 잘 자고
물속에서 숨도 잘 참고
조금만 밀어 주면
데굴데굴 잘도 구른다

나는 가만히 미래를 보면서 생각한다
나도 미래처럼
잠도 잘 자고
잘 참고
조금만 밀어 줘도
데굴데굴 잘 굴러가면 좋겠다고
저 먼 나의 미래를 향해
데굴데굴……
데굴데굴……

그렇지만 난 오늘도
잠을 잘 못 자고

화가 난 채
조금만 건드려도 픽
쓰러질 것 같은 피로감을 견디며
연필을 굴리고 있다
데굴데굴……
데굴데굴……

연꽃의 사랑

바람이 불어올 때마다
연꽃이 흔들린다
그래도 걱정 없다
연꽃의 그 질긴 뿌리는
연못 깊이 박혀 있으니까

연못이 흔들릴 때조차
연꽃은 연못의 맨 밑바닥
그 질척질척한 고독을 붙들고
놓지 않을 테니까

너를 사랑하는 나처럼

제3부

오총사
탄생기

오총사 탄생기

검정고시에 한 번 떨어졌다는 미란이
이번엔 꼭 붙어야 돼
할머니가 싸 주신 도시락을
빈 강의실에서 먹으며
수학 문제를 푼다

나 수학 좀 가르쳐 줄래?
어느 날 내게 슬쩍 물어보며
빨갛게 두 볼을 붉혔다

쉬는 시간엔 놀고 싶었지만
착한 그 애한테 수학을 가르쳐 주기로 했다
도시락도 싸 와
같이 먹으면서 도와주기로 했다

헐, 뭐냐?
의리 없게 니들만 동맹이냐?
샘 많은 예린이가 끼어들었다

난 왕따가 싫어
꼬리 치고 다닌다고 따돌림당했다던
채은이도 끼었다

아따, 이 오빠가 빠지면 뭔 재미가 있겠냐?
안 그냐 아그들아?
한 살 많은 정우도 끼었다

미란이 예린이 채은이 정우 나
이렇게 오총사가 탄생했다
오총사는 날마다 도시락을 싸 와 둘러앉았다

이 시간이 젤로 좋아!

예린이는 가끔 학원에 늦게 옵니다
오늘은 첫 수업이 끝난 뒤
헐레벌떡 뛰어왔습니다
버릇을 단단히 고쳐야 된다면서
원장 샘이 예린이를 집으로 쫓아 보냈습니다
얼굴이 벌게서 돌아서던 예린이 눈에서
또르르 떨어지던 눈물을 나는 보았습니다
필리핀에서 살다 온 예린이는
다시 필리핀으로 가고 싶어 합니다
엄마 아빠가 공부하라 닦달하지 않던
필리핀이 천국이었답니다
학원 끝나면 과외 받고 연달아 인강 들어야만
겨우 숨 돌릴 수 있는 한국이 싫다는 예린이는
새벽에 잠들어 간신히 학원에 오는 것입니다
하루에 여섯 시간밖에 잘 수 없는
한국이 싫다는 예린이
원장 샘은 못 들었을까요
예린이 채은이 미란이 정우 나

책상 모으고 둘러앉아
도시락 먹으면서 나눈 얘기
이 시간이 젤로 좋아!

청소년증

학교를 그만둔 날부터 나는
학교 밖 아이가 되었습니다
학교 밖 아이는 학생증이 없어서
뭐든 성인 요금을 내야 합니다

우리 집 형편에 성인 요금이라니
그기 말이 되나? 퍼뜩 가제이
엄마 손에 이끌려 주민센터에서
청소년증을 발급받았습니다

그런데 말입니다
영화관 공원 고속버스 터미널······
어쩐지 청소년증을 내밀기가 싫어졌습니다
학생증을 내밀 땐 몰랐는데
청소년증을 내밀고부터
보는 눈이 다르다는 걸 느꼈습니다

바보 같은 짓인 줄 알지만

그러면 안 되는 줄 알지만
아직 버리지 못한 학생증을 내밀곤 합니다

바라 바라 우린 특별한 청소년들 아이가?
영화관에 갔을 때 정우가
당당하게 청소년증으로 할인 티켓을 끊었습니다

예린이도 미란이도 채은이도
청소년증을 내밀었습니다
나도 학생증을 도로 넣고
청소년증을 꺼냈습니다
두 볼이 화끈 달아올랐다 가라앉았습니다

오늘따라 왠지

우리 반에 마흔 넘은 아줌마와
쉰 넘은 아줌마가 있습니다
나만 한 아들도 있고
대학생 딸도 있다는 아줌마들이
점심시간마다 밖에 나갔다 오더니
오늘은 도시락을 싸 왔습니다

오총사, 우리도 끼워 줘
둘러앉은 우리 틈을 비집고 들어와서는
맨날 아빠표 볶은 김치랑 계란말이만 싸 오는
채은이 숟가락에
장조림도 얹어 주고 미트볼도 얹어 줍니다

이번엔 꼭 붙을 거야
미란이 등을 토닥여 줍니다
공부하기 힘들지
예린이 어깨에 가만 손을 얹습니다
나를 보고 씩 웃어 줍니다

정우 머리를 쓸어내립니다

아줌마들은 처음에
우리가 문제아라서 비행 청소년이라서
학교에 안 다니는 줄 알았답니다

우리와 같은 교실에서 공부하며
우리를 이해하게 되었답니다
제 나름대로 아픔이 있고 꿈이 있는
순수하고 착한 아이들이라는 걸 알았답니다

오늘따라 왠지
아줌마들 잔주름도 희끗한 머리도
예뻐 보입니다

너만 힘든 거 아니야

며칠째 핸드폰도 안 받고 문자도 씹던 정우를
공원에서 보았습니다 어린 학생들 세워 놓고
머리통 한 대씩 갈기고 있는 정우가 낯설었습니다

야 인마, 니도 폭력 싫어서 나왔잖아!
채은이가 달려들며 한마디 했습니다
그사이 어린 학생들 꽁지 빠지게 달아났습니다

당한 거 갚아 주는 거뿐인데 뭐?
씩씩거리는 정우
헐, 그럼 내가 니 왕따시킬까?
눈 흘기는 채은이

난? 난 누구한테 갚아 줘야 되는데?
가려워 미칠 것 같은 이 고통을 니가 알기나 해?
쏘아붙이는 나
아씨, 어쩌라고?

너만 힘든 거 아니라고, 이 바부팅아
참고 참았던 눈물이 쏟아졌습니다
컴컴한 밤이었습니다

미래를 가두다

잠꾸러기 애완돌 미래
도통 속마음 드러내지 않는 미래
나를 닮아 보기 싫은 미래를 던져 버려야지

3층 건물 옥상에서 수직 낙하하면 미래는
두 동강 날까 세 동강 날까
포물선을 그리며 낙하하면 어떨까
그런 웬만한 충격에는 눈도 깜짝 안 할지 몰라
자던 잠이나 내처 자고 있을지 몰라

차라리 미래를 가두자
200밀리 우유갑 안에 미래를 가둔다
한사코 열리는 입구를 푹 찍어 눌러 봉한다
아무 일 없다는 듯 200밀리 우유갑은
부풀지도 찌그러지지도 않는다

우유갑을 천장 형광등 아래 매단다
미래를 가두고 아니 태우고

빙빙 돌아가는 우유갑
우주를 떠도는 우주선 같다

나는 가끔 미래의 우주선을 보며
수직이 좋을까 포물선이 좋을까
공중 낙하를 꿈꾼다
오 마이 갓!
매번 화들짝 놀라면서 또다시

조용한 병실에

하루 여섯 시간밖에 못 자는데
과외 하나 더 하라는 엄마 말에
팔목을 그었다는 예린이
응급실 실려 가며
내가 보고 싶어 울었다는 예린이
회복실에서 본 예린이는
팔목에 붕대를 친친 감은 채
링거를 맞고 있었습니다
엄마하고는 눈도 안 마주치면서
나를 보고 가만 미소를 지어 보입니다

정말 죽을까 봐 겁이 났어
죽으면 우리가 함께한 기억들
여기서 끝이잖아 그게 무서웠어
그래 예린아
우리 끝내 버리기엔 너무 아까운 기억들
끝까지 간직하자

조용한 병실에 코 훌쩍거리는 소리만 크게 들렸습니다

내 애완돌 미래에게

나는 네가
이제는 잠에서 깨어나
기지개를 켜며 일어났으면 좋겠어

자면서 꾸는 꿈은
이루어지지 않는
꿈일 뿐이잖아

일어나서
재잘재잘 떠들어 대고
깔깔거리며 웃었으면 좋겠어

속마음 털어놓지 않고
혼자 끙끙 앓는 건
외롭잖아
무지 외롭잖아

말 없는 너도 나한테

이렇게 말하고 있지?
난 다 알아
내 맘 같은 네 마음

생각해 봤을까요?

내가 우리 반 꼴찌였거든
미란이가 밑도 끝도 없이 말했습니다
전교 일등이었던 내 짝 돈이 없어진 거야
자그마치 5만 원
공부도 잘하는 눈이 돈까지 많아 짜증 나게
그날 체육 시간에 나 혼자 교실에 있었거든

다들 날 의심하더라
담임이 젤 많이 의심했어
가방이고 주머니고 다 뒤집어 보였는데
어디다 감췄냐고 윽박지르고
머리 쥐어박더니 반성문 쓰라더라

엄마 생각해서 참았어
근데 부모님 모셔 오라 했을 땐
참을 수 없더라
그 길로 나와 버렸어

한동안 교복만 보면 눈물이 났다는 미란이
차마 버릴 수 없어 아직까지도 옷장에
고이 걸어 놨다는 미란이
미란이 담임은 한 번이라도 생각해 봤을까요?
교복을 입고 싶어 하는 미란이 마음

별

미란이 예린이 채은이 승연이 정우
이름도 제각각
생김새도 제각각
성격도 제각각인 우리 다섯 명

함께 별을 만들어 보기로 했다
뒤꿈치를 붙이고
서로서로 앞꿈치를 붙여야만
만들 수 있었다

발톱이 갈라진 미란이
무지외반증 예린이
평발 채은이
아토피 승연이
굳은살 많은 정우
상처 난 발들이 모여
별을 만들었다

발 치수만큼 들쭉날쭉
못생긴 별이어도 좋았다

열일곱 해
생애 처음 함께 만들어 본 별이
우리를 태우고
하늘 높이 날아올랐다

부러워서 그래요

검정고시를 치른 다음 날 노래방에 갔습니다
시험 기간은 아닌데 개교기념일이니?
머리가 벗어진 노래방 아저씨가 물어보셨습니다

아니요 저희들은 어제 검정고시 봤어요
시험을 잘 본 채은이가 밝게 웃었습니다

니들 공부하기 싫어 학교 때려치웠구나?
아무것도 모르는 아저씨가 아는 체를 했습니다

아니거든요
우리 다섯은 한목소리로 외치고 돌아섰습니다

쯧쯧쯧
등 뒤에서 혀 차는 소리가 들렸습니다

내가 너무 잘나서 그렇지 뭐
내가 너무 예뻐서 그렇지 뭐

다들 부러워서 그래요

우리는 아저씨 들으라고
노래방이 떠나가라 고래고래 노래를 불렀습니다

그래도 아저씨가 밉지는 않았습니다
보너스를 세 시간이나 더 주었으니까요
그 덕에 우리 오총사 목이 다 쉬었습니다

시 읊어 주는 물리치료사

채은이는 수능반에 들어갔다
샘들이 나도 들어오라 했지만
들어가지 않았다
긴 시간 피 터지게 공부하면 내 몸은
아토피 덩어리가 될 거다

검정고시 성적만으로
집에서 가까운 학교 물리치료과에 가기로 했다
가고 싶었던 문예창작과를 고집하기엔
우리 집 형편이 지나치게 어려웠다
졸업과 동시에 취업해야 했다

물리치료사가 되면 제일 먼저
엄마에게 매일 물리치료를 해 줄 거다
엄마는 돈 버는 게 쉬운 게 아니라고 한다
힘들어도 시를 포기하지는 말아야지

엄마처럼 몸이 쑤시는 어른들에게

물리치료도 해 주고
덤으로 시도 읊어 주면
몸과 함께 마음도 녹녹해지지 않을까

꼴깍꼴깍

대학 입학금 벌어야 한다 해서
특별히 봐준다는 초밥집 사장님 덕분에
쉽사리 알바를 구했다

주방 청소 식당 청소 손님맞이
손님이 비운 접시 돈으로 환산
설거지까지 힘들지만 할 만했다

노랑 분홍 보라 초록……
빙글빙글 손님들 옆을 돌아가는 접시들
접시 위에 말로만 듣던
연어초밥 연어롤 광어초밥 새우초밥……
보기만 해도 침이 꼴깍꼴깍 넘어간다

초밥이 손님 옆을 지날 때마다
나도 모르게 주문을 외운다
집지 마라 집지 마라 집지 마라……
손님들이 집지 않고 남겨 두면

그걸 점심으로 먹을 수 있다

안 먹고 엄마 가져다주면 안 될까요?
효녀라서 특별히 봐준다는 사장님
초밥 싸 들고 퇴근하는 길
몸이 둥둥 떠간다

다섯 개의 촛불

옥탑방과 노란 물탱크 사이에
돗자리를 펴 놓고 둘러앉았습니다
미란이 예린이 채은이 정우 나
저마다 종이컵 촛불을 들었지요
촛불이 흔들릴 때마다
얼굴에 드리운 빛과 그림자도
함께 흔들렸습니다

촛불을 한데 모아 놓고
캠프파이어를 했습니다
캔맥주를 홀짝거리며
꿈과 사랑 우정과 진로
숨겨 둔 비밀까지 털어놓았지요

필리핀 남쪽 나라 팔라우에 가서
다이버가 되고 싶다는 예린이의
꿈은 참 멋졌습니다
정우는 툭하면 욕하고 알바비 떼어먹는

나쁜 사장님들보다 더
부자가 되고 싶다며
맥주 캔을 찌그러트렸습니다

다섯 개의 촛불이
막 돋기 시작한 별들을 비추던
아름다운 저녁이었습니다

하늘을 나는 자전거

알바에 지친 정우는
떡 만드는 일을 배우겠다며
영주 할아버지 댁으로 내려갔다
정우가 떠나자 우리 오총사
이빨 빠진 빈 그릇마냥 허전했다
다 함께 정우를 찾아가기로 했다

고속버스가 씽씽 달리니
괜스레 맘도 어느 밝은 곳을 향해
씽씽 내달리는 듯했다

정우네 방앗간 떡집은 영주 변두리에 있었다
할아버지가 손수 지었다는 방앗간 안채 벽에
자전거 한 대가 아슬아슬하게 걸려 있었다

어릴 적 꿈이 자전거 타고 하늘을 나는 거였다는 정우
우리는 마당 한가운데 놓인 평상에 나란히 누워
밤하늘을 올려다보았다

반짝이는 수많은 별들 사이로
자전거를 타고 날아가는 정우가 보였다

초콜릿을 먹으며

엄마도 언니도 돈 벌러 나가 빈집
주소도 없이 배달돼 온 상자가
학원에서 돌아온 나를 맞아 준다

자퇴한 뒤로 친구들 다 멀어졌어도
학업 틈틈 알바 틈틈
전화로 톡으로 응원해 준 윤모
오늘은 택배 기사 되어 왔다 갔구나

상자 속에 초콜릿
초콜릿 사이 응원 편지
내일이 자격증 시험 보는 날
어쩐지 잘 볼 것 같다

지금쯤 알바로 정신없을 윤모
이번엔 절대 알바비 떼이지 않기를
초콜릿을 먹으면서 빌어 본다

별떡

정우가 공들여 배우고 있는 건 별떡이라네
우리 오총사가 맨발로 만든 별이
새 꿈을 갖다 주었다네

언제까지나 오총사 별을 기억하자던
그날의 약속
잊지 않았다네

제 손으로 별떡을 빚으면
오총사 별떡이라고 이름 짓겠다는 정우
언젠가 바구니에 오총사 별떡을 가득 싣고
자전거를 타고 하늘을 날아오겠지

유난히 별이 반짝거리고
배가 고픈 날이면
유리창을 활짝 열어 두어야겠네

제4부

데굴데굴
굴러서라도

나는 나

강아지면 좋겠네
아무 때나 살랑살랑 꼬리 치고
냄새나는 양말이나 물어다 감추는
철없는 강아지면 좋겠네

고양이도 괜찮아
배고프면 밥 달라 보채고
귀찮으면 발톱이나 세우는
눈치 없는 고양이

돌멩이면 더 좋아
귀도 닫고 눈도 닫고
구멍이란 구멍은 다 닫고
밤낮없이 잠만 자는
잠보

그렇지만 난
강아지도 아니고

고양이도 아니고
돌멩이는 더더욱 아니지

강아지처럼 가볍게
고양이처럼 실없이
돌멩이처럼 죽은 듯
살 수는 없어

나는 나니까

달팽이를 본다

달팽이가 기어간다
달팽이가 가는 길에서는
시간도 꾸물거리며 기어간다
모처럼 급할 거 없는 세상
나는 가만히 앉아서 이 느린 생을 본다
등에 커다란 집을 지고
가는 듯 마는 듯 가고 있는 달팽이
가끔씩 집을 들락거리며 나를 쳐다본다
달팽이 눈에 비친 나는 어떤 모습일까
가도 가도 끝없는 길에 달라붙어
떨어질 줄 모르는 점액질의 몸이
미는 듯 마는 듯 뒤로 밀어낸
길을 만져 보니 축축하다
저렇게 여유로운 삶이
이토록 아픈 투쟁이었구나

햇살 한 줄기 떨어질 것 같지 않은
흐린 날

달팽이가 온몸으로 기어간다

눈먼 톱상어

어느 미술 전시회에서
알렉산더 콜더의 모빌 조각을 보았습니다

커다란 톱상어 옆구리에 붙은
작디작은 물고기들이
톱상어가 움직이는 대로
따라 움직이고 있었습니다

제 몸에 주렁주렁 물고기를 달고
물고기를 찾아 끊임없이 움직이는
눈먼 톱상어를 보면서

어쩌면 우리도
눈먼 톱상어일지 모른다는 생각을 했습니다

손만 뻗으면 닿을 수 있는 곳에
행복이 널려 있는데도
행복을 찾아 끊임없이

헤매고 있는 건 아닌지

괜스레

쉼터에서 만난 친구들
며칠 만에 한 명씩 쉼터를 떠나갔다

때리는 아빠 싫어
집 나왔다는 혜영이
아빠한테 머리채 잡혀 끌려갔다

공부하라 닦달하는 엄마 피해
실컷 자고 싶었다던 수빈이
연신 등을 쳐 대며 우는 엄마를
못 이기는 척 따라갔다

생리대 대신 찬 휴지에
쓸린 거기가 쓰라리다는 은수
머리카락이 다 뽑혀도 좋으니
머리채 휘어잡고 데려갈
아빠가 있으면 좋겠단다
시퍼렇게 멍들어도 좋으니

등을 쳐 대면서 데려갈
엄마가 있으면 좋겠단다

언니 따라 쉼터를 나오면서 돌아보니
은수가 우두커니 서서 바라보고 있다
괜스레 미안해졌다

썸

수련회 가면 좋은 점이 많지만
그중에 가장 좋은 점은
엄마 잔소리를 안 들어도 된다는 거다

엄마는 헤어질 때 전화 자주 하라고 하지만
솔직히 전화하기 싫다
전화에다 대고 잔소리할 게 빤하니까

하라고 잔소리하면 하기 싫고
하지 말라고 하면 더 하고 싶다는 걸
엄마는 몰라도 너무 모른다

하루 종일 전화를 안 했더니
엄마한테서 톡이 왔다
뭐 해?
썸 타는 중
썸? 그게 뭔데?
있어 그런 거

놀이 기구? 청룡열차 같은 거야?
응 비슷해
너무 오래 타지 마
알써

엄마가 잔소리해서 그런지
밤늦도록 썸 타고 싶었다

아름다운 병

병이 하나 생겼어요
비비추 꽃잎을 닮은 호리병이에요

입구에 입술을 대고 불면
뱃고동 소리가 들릴 것만 같은
낭만적인 병이지요

언젠가 그 앨 본 순간
내 맘속에 살짝 들어왔는데요
아무리 빼 보려고 해도 빠지지 않네요

나는 하루 종일 이 병을 가지고 다녀요
배꼽처럼요

친구들은 개나 줘도 안 물어 갈
상사병이라고 놀리지만요
그 애가 좋은 걸 어쩌라고요

입술이 아름다운 호리병에 내 입술을 대고
그 애한테 들려주고 싶어요
소래 포구에서 듣던 뱃고동 소리

너를 기다리며

크라운베이커리 앞 은행나무가 짙푸르다
나는 은행나무 아래 서서
네가 돌아올 골목을 한참 내다보다가
안 본 척 발치에 돋아 있는 풀을 슬쩍 건드려 보기도 하고
다시 골목 끝을 바라보다가
아직 익지 않은 은행알을 세어 보기도 하고
은행알처럼 조그마한 새가 날아가는 것을 바라보다가
그 새가 너만큼이나 귀엽다고 생각하다가
옷에 묻은 먼지를 털어 대다가
단추를 만져 보다가
문득 골목 끝이 환해진 것을 알아차린다
햇빛은 일제히 골목 끝에서 빛나고
나도 모르는 사이 내 입가엔 미소가 피고
눈치 없이 절로 저절로 화르르 번지는 미소를 수습해 보
려고
  아까부터 눈앞에서 흔들거리는 은행잎 하나를 손톱으로
톡 쳐 보는 것인데
  고 작은 은행잎이 까르르 웃는지 몸을 뒤틀고

설탕을 듬뿍 쳤는지 크라운베이커리에서 풍기는 빵 냄새가 달콤하다

부메랑

너를 힘껏 던져 버렸어
훨훨 날아가라고
놓아줬지

너는
온몸이 날개가 되어
훨훨 날아갔지

정말 가 버리는구나
이제 끝이구나
생각할 때

너는 다시 돌아왔지
갈 때처럼 훨훨 날아서
아무 일도 없었던 것처럼

나도 너처럼 부메랑이면 어쩌지?
네가 가 버리라고

훨훨 날아가라고
밀어 보내도

바보같이 훨훨
네게로 돌아와 버리면
어쩌지?

사진 찍기

가슴속에
초미니 카메라를 준비해 두세요
멀리서 서성대는 애인을
세 배로 당겨서 찍고 싶은 게 사람이죠

서두르지 마세요
생애 언저리 성에를 닦듯
그렇게 빙그르 렌즈를 닦으세요
맑은 눈이 맑은 대상을 만들죠

주의하세요
우리가 기억해 둘 것은
그의 미소만이 아니랍니다
미소 속에는 그만큼의 눈물이 숨어 있다는 것
다 아시잖아요

한참 다른 곳을 본다고
화내지 마세요

애인의 뒤통수를 보며 기다리세요
뒤통수도 아름답다고 느꼈을 때
그때 찍으세요

벌침

이따금씩
나를 괴롭히는 너의 기억

시든 추억들이
되살아난다

머리가 쑤신다
심장이 따갑다

벌이
내 머리통을 쿡쿡 쑤시고 돌아다닌다
왕벌이
내 심장을 콕콕 쑤시고 돌아다닌다

창문 너머 해 지고,
벌침은 치명적이다

울컥,

쏟아지는 눈물

열차 안에서

차창 밖에 비가 내린다
길게 드러누운 철로를
하염없이 달려가는 열차
온몸이 비에 젖는다

열차 안에서 나는
네 가 보 고 싶 다
가슴 여며도
빗물처럼 흘러드는 너
열차가 흔들릴 때마다
내 안에서 흔들리는 너

내 안에 있어도 그리운
너를 만나러 간다
아니 버리러 간다

열차가 나뭇잎만 한 간이역에 선다
기다리는 사람은 없고

역사(驛舍) 벽에 누가 풀어 놓았는지
I LOVE YOU
휘갈긴 글씨가
수평선을 향해 날아가고 있다

잿빛 바바리의 추억이 내리고
추억의 질량만큼 가벼워진
열차가 질주한다

청도 어디쯤에서 열차는
젖은 사람들을 다 내려놓고
가벼워질 대로 가벼워질 것이다
나는 언제쯤 너를 내려놓을까

스물일곱 살 나에게

스물일곱 살 승연 언니 안녕하세요?
전 열일곱 살 승연이예요
스물일곱 살이 돼서 열일곱 살을 되돌아보면
후회스러운 일들도 많이 있겠지요?
그래서 이렇게 편지를 써요
십 년 뒤에 후회하지 않기 위해서
내가 지금 어떻게 살아야 하는지 알고 싶어요
열일곱 살 때 내가 그런 일을 하지 말걸
그때 그러지 말고 이랬으면 얼마나 좋았을까
하고 후회하는 일들이 있겠지요
그게 뭔지 궁금해요
왜냐면 전 스물일곱 살이 돼서
열일곱 살 때를 되돌아볼 때
후회 같은 건 많이 하고 싶지 않거든요
지금 내가 살아가고 있는 삶이 하나하나
미래로 연결되어 있는 거 맞죠?
내가 만일 언니와는 다르게 살아간다면
언니가 후회하고 있는 미래도 바뀌겠지요?

그리고 난 스물일곱 살이 되어 후회 없이
열일곱 살을 추억할 수 있겠지요
아름다운 날들이었다고
다시 살아도 그렇게 살겠노라고
그러니까 말해 주세요
열일곱 살 때 후회스러운 일들이 무엇이었는지

미래를 깨우다

밤낮없이 잠만 자는
애완돌 미래를 깨웠다
아무리 깨워도 일어나지 않는 미래
하는 수 없이 물속에 빠뜨렸다
물속에서도 잔다
쿨쿨 잔다

이제 그만 일어나라고
운동화 솔로 박박 씻겨 주었다
자세히 보니 미끈한 줄만 알았던
미래 몸이 오돌토돌하다

바람이 훑고 간 흔적일까
빗방울이 때린 상처일까
모래가 박혔던 자국일까

말없이 잠만 자던 너에게
이런 아픔이 있었구나

괜스레 코끝이 찡했다

미래를 껴안다

바람이 할퀴었든
빗방울이 때렸든
모래가 박혔었든
온통 흠집투성이인 애완돌 미래는
우리를 닮았습니다

학교 폭력에 시달리다 자퇴한 정우
가정 폭력에 진저리 치다 가출한 혜영이
도둑으로 몰렸던 미란이
왕따로 주눅 든 채은이
공부에 지친 예린이 수빈이
엄마 아빠가 그리운 지우 은수
몸이 너무 가려운 나

상처 난 우리를 껴안듯
가만히 미래를 안아 봅니다
두 손 안에 폭 안긴 미래
우리들 심장이 요만할까요?

미란이 예린이 채은이 정우 혜영이
수빈이 지우 은수 승연이
우리는 돌멩이만 한 심장을 안고
데굴데굴 굴러서라도
저 먼 미래를 향해 갈 겁니다

상처 난 심장을 껴안고
데굴데굴 굴러가는 우리를
누군가 슬쩍만 밀어 주어도
우리는 힘껏 굴러갈 테지요
가서 상처투성이인 미래일지라도
가만 껴안으렵니다

넘어지고 울다 일어서다

학교 밖 아이들이 부르는 삶의 노래

김제곤 문학평론가

1

　김애란 청소년시집 『난 학교 밖 아이』는 두 가지 점에서 이전 시집들과는 다른 개성을 지니고 있다. 하나는 제도권 학교 울타리 바깥에서 살아가는 이른바 '학교 밖 청소년'의 삶을 소재로 하고 있다는 점, 또 하나는 개개의 시편이 독립된 시이면서 서로 긴밀히 연결되어 한 편의 완결된 성장서사를 이룬다는 점이다.

　표제에서 짐작할 수 있는 것처럼 이 시집은 '학교 밖 아이'를 소재로 하고 있다. '청소년' 하면 으레 중·고등학교에 다니는 학생들을 떠올리는 것이 하나의 통념이 되어 있지만, 사실 이

땅의 모든 청소년이 학교에 다니는 것은 아니다. 한 통계에 따르면 학교에 적을 두지 않은 학교 밖 아이들의 수가 수십만에 이른다고 한다. 이 가운데는 입시 교육이라는 적자생존의 시스템에서 '학업 부적응자'로 내몰린 아이들이 있고, 왕따나 학교폭력 같은 상처로 인해 학교를 할 수 없이 그만둔 아이들이 있으며, 집안의 경제 사정이나 가정불화, 질병 등으로 학교를 다니고 싶어도 더 다닐 수 없는 아이들이 있다. 우리 사회는 이들을 흔히 '문제아'라는 낙인을 찍어 비정상으로 몰기 일쑤다. 그들의 처지를 이해하고 받아들이려 하기보다 정상 궤도에서 이탈한 낙오자쯤으로 구분 짓고, 자꾸만 사시(斜視)의 눈으로 바라보려 한다. 『난 학교 밖 아이』는 바로 그런, 편견과 소외의 그늘에서 자기 삶을 꾸려 가는 학교 밖 청소년을 다루고 있다.

2

1부에는 심한 '아토피'로 인해 학교를 그만두게 되는 아이 '승연'이 나온다. 승연은 이 시집의 전체 서사를 이끌어 가는 시적 화자로 소설로 치자면 주인공에 해당하는 인물이다. 승연이가 자퇴를 결심할 수밖에 없게 된 이유는 '중증 아토피'를 앓고 있기 때문이다. "수천수만 개 바늘이 찔러" 대고 "세상의 모든 털이 날아와 간질"(「차라리」)이는 것 같은 신체적 고통은 정신적 고통을 함께 수반하며 그를 결국 '학교 밖 아이' 처지로 내몬다. 1부에 실린 시들에는 병으로 학교 밖 아이가 된 승연이가 느끼는 열패감과 두려움, 외로움 같은 감정이 속속들이 배어 있다.

　피할 수 없는 한 가지 절실한 이유 때문에 내가 "학교를 그만두겠다고 했을 때/담임 샘은 많은 것을 잃을 거라"(「지우와 나」) 예언 아닌 예언을 한다. 담임 선생의 그 말은 적중한다. 자퇴를 한 나를 "많은 친구들이 핑계를 대며 만나 주지 않"(「지우와 나」)고, 그럴수록 학교를 향한 '그리움'은 자꾸만 살이 쪄 간다(「다이어트」). 학교를 그만두면 "엄청난 그 무엇이/기다리고 있을 거라/기대한 건 아니지만//기다리고 있는 게/아무것도 없다는 현실이/믿어지지 않"(「한동안」)아, 나는 "우주 미아가 되어 별과 별 사이를/둥둥 떠다니는 기분"(「하느님은 알지요」)이 된다. 여기에서 오는 외로움은 나를 "아주 깊은 우울에 빠"(「하얀 알약」)지게 한다. "아무것도 보기 싫고/아무것도 듣기 싫고/아무것도 하기 싫어서/죽은 듯이 잠만"(「한동안」) 자는 그 무기력한 나날의 고통 속에서 어느 날 문득 "열일곱 해 나약한 내 생이/저렇게 산산조각 나면 어쩌나"(「봄날」) 두려운 마음이 들기도 한다. 화자 자신을 쇼윈도에 갇힌 마네킹으로 비유한 시편에는 학교를 떠나와 느끼게 된 그런 단절감과 막막한 외로움이 절절히 드러나 있다.

친구들이 발길 멈출 때마다
내 가슴은 사정없이 뛰는데
친구들에겐 내 심장 소리 들리지 않고
얘들아, 내게 말을 해 봐
아무리 외쳐도 내 입은 움직이지 않지
친구들은 내게 말 걸지 않는 세상
유리에 이마를 찧고 싶은 충동을 삼키지만
목젖도 움직일 수 없는 난 사람도 인형도 아닌
그저 키 큰 슬픔 덩어리일 뿐

—「난 마네킹」부분

"내 심장"은 분명히 뛰고 있고, 나는 친구들에게 분명 외치고 있지만, 그 소리는 친구들에게 도무지 들리지 않는다. 난 "사람도 인형도 아닌" 채로 그렇게 서서 "유리에 이마를 찧고 싶은 충동"을, "슬픔"을 가까스로 누른다. 나는 "조그만 발가락으로 우물 벽을 움켜쥐고/끝끝내 기어 나온 청개구리"(「하얀 알약」)를 떠올리며 "날개야, 돋아라/날자 날자 날자 한 번만 더 날자꾸나"(「날개야, 돋아라」) 하고 자기 내면에 똬리를 튼 깊은 우울을 떨치려 애쓴다.

이런 나에게 언덕이 되어 주는 것은 중학교 때 자퇴한 경력이 있던 '지우'라는 친구다. 자신이 자퇴했을 때 편견 없이 대해 주었던 나의 우정을 지우는 잊지 않고 보답한다. 그러나 무엇보다 나를 지탱해 주는 것은 나의 고통을 곁에서 지켜보며 또 다른 고통을 감내했을 엄마의 따뜻한 말 한마디다. "학교를 그만둔 날/엄마가 내게 해 준/괜찮다는 말"(「세상에서 가장 힘센 말」)은 자퇴 후 나를 지탱하게 해 주는 가장 강력한 힘이 된다. 엄마의 그 말[言]은 내게 "사막" 같고 "외롭고 추운 눈밭" 같은 세상을 건너가게 도와주는 '가장 힘센 말[馬]'인 것이다.

그러나 학교 밖의 아이가 된 승연에게 또 다른 불행이 닥친다. 시집 2부에는 아빠의 실직과 가출, 그리고 엄마 아빠의 이혼으로 이어지는 가족의 불행이 그려져 있다. "모퉁이를 돌면 파란 대문이 보이고/파란 대문을 열면 거기에 또 무슨 일이/나를 기다리고 있을까/생각만 해도 겁이"(「아빠가 가출했다」) 나던 나는, 아빠의 가출과 부모의 이혼으로 인해 마음에 또 하나의 상처를 안게 된다.

처마 밑에 박혀 있는 대못에
거미가 집을 지었습니다
처마 끝에서 대못으로 이어지는
유연한 거미집
대못이 주춧돌인 셈입니다

아빠가 집을 나가면서 박힌
내 마음속 대못을 주춧돌로 삼아

저렇게 유연한 집을 지을 수 있을까요

―「거미」 부분

"엄마 아빠가 싸운 것도 나 때문이고/아빠가 집을 나간 것
도 다 나 때문이라는"(「아빠가 가출했다」) 자책에 나는 괴로
워한다. 그만큼 아빠 엄마가 화해하고 다시 온전한 가정이 되
길 끊임없이 기원하지만, 그 꿈은 결코 이루어지지 않는다. 그
것이 저주스러워 옥상에 있는 물탱크를 주먹으로 치는 자해
도 해 보지만 "깨진 건 내 주먹"(「화풀이」)일 뿐 현실은 호전되
지 않는다. 대신 "아빠가 떠나고 나자/ 엄마가 아빠가 되"었다.
"짧은 스포츠머리에 누런 점퍼/검은 운동화 불퉁한 목소리"를
하고 엄마는 가장이 되어 "아침 일찍 일 나가서/저녁 늦게 돌
아"(「유일한 증거」)오는 고된 일상을 반복한다. 그런 엄마를 지
켜보며 나는 점점 철이 드는 것 같다. 그러나 그렇게 철이 든
다는 것은 무엇인가. 그것은 내가 간절하게 해 보고 싶었던 어
떤 일을 하나둘 포기한다는 것, 한창 펼치고 싶던 꿈의 날개를
슬그머니 접는다는 것을 의미하는 것이기도 하다. 그래도 나
는 나의 미래를 함부로 팽개치지 않는다. 나는 "길에서 주워 온
돌"에다 희망이 담긴 '미래'라는 이름을 붙이고 거기에 자신의
마음을 의탁하기로 한다. 나의 미래 또한 "조금만 밀어 줘도/
데굴데굴 잘 굴러가면 좋겠다"고 생각하며 "저 먼 나의 미래를
향해/데굴데굴……"(「데굴데굴」) 그 돌을 굴리는 것이다. 이런

의미에서 2부 맨 끝에 실린 「연꽃의 사랑」은 타자를 향한 '사랑의 시'이기보다 내가 나를 추스르는, 간절한 위로의 시로 읽힌다. 이 시에서의 "너"는 바로 "나"가 아닐 텐가.

바람이 불어올 때마다
연꽃이 흔들린다
그래도 걱정 없다
연꽃의 그 질긴 뿌리는
연못 깊이 박혀 있으니까

연못이 흔들릴 때조차
연꽃은 연못의 맨 밑바닥
그 질척질척한 고독을 붙들고
놓지 않을 테니까

너를 사랑하는 나처럼

─「연꽃의 사랑」 전문

3

1, 2부가 아토피라는 병으로 학교 밖 아이가 된 '나'의 외로

움과 아픔을 그린 시라면 3, 4부의 시들은 차츰 그런 아픔을 추스르며 새 힘을 얻게 되는 과정을 그린 시들이다. 그러니까 3부는 소설로 치면 사건의 대전환이 일어나는 부분이라 할 수 있다.

학교 밖으로 밀려나 외로움 속에서 스스로를 달래던 나는 검정고시 학원에서 나와 비슷한 외로움과 상처를 안고 있는 또래들을 만난다. 내가 만난 학교 밖 아이들은 제각기 다른 사연을 안고 있다. 학교 폭력에 시달리다 자퇴한 정우, 가정 폭력에 진저리 치다 가출한 혜영이, 교실에서 도둑으로 몰렸던 미란이, 왕따로 주눅 든 채은이, 공부에 지친 예린이와 수빈이, 엄마 아빠가 그리운 지우와 은수, 몸이 가려운 나까지 학교 밖 아이들이 된 사연은 제각각이다. 하지만 이들은 모두 학교 밖에서 살아가는 청소년들로서 비슷한 아픔을 공유하고 있다.

이들은 동병상련의 처지에서 서로의 상처를 위로하고(「이 시간이 젤로 좋아!」, 「조용한 병실에」, 「생각해 봤을까요?」), 서로에게 용기를 북돋아 주거나(「다섯 개의 촛불」, 「하늘을 나는 자전거」, 「초콜릿을 먹으며」) 때로는 서로를 채근하기도 하면서(「너만 힘든 거 아니야」), 자신들을 '비행 청소년'이라 구별 짓는 사회적 편견과 차별에 함께 맞서 스스로를 성장시킨다(「청소년증」, 「부러워서 그래요」, 「별떡」).

그런 성장의 과정에서 이들은 하나씩 구체적인 자신의 미래를 설계해 간다. 지겨운 입시 공부에 허덕이던 예린이는 필리핀 남쪽 나라 팔라우에 가서 다이버가 되고 싶다는 꿈을 키우며, 툭하면 욕하고 알바비 떼어먹는 나쁜 사장님들보다 더 부자가 되고 싶다던 정우는 영주의 할아버지 댁으로 떡 만드는 일을 배우러 떠난다. 시인이 되기 위해 문예창작과에 가고 싶어 하던 나는 '시 읊어 주는 물리치료사'가 되기 위해 집에서 가까운 학교 물리치료과에 가기로 마음먹는다.

발톱이 갈라진 미란이
무지외반증 예린이
평발 채은이
아토피 승연이
굳은살 많은 정우
상처 난 발들이 모여
별을 만들었다

—「별」 부분

이 시에 나오는 '별'은 저마다의 상처를 안고 학교 밖으로 밀려났던 아이들이 서로의 상처를 보듬으며 한 뼘 성장한 현재의 모습을 상징한다. 아이들은 자신들이 만든 '오총사 별'을 기억하자던 약속을 미래에도 언제까지나 잊지 않기로 한다.

4부의 시들은 그런 과정을 거쳐 자기 주체성을 확보하게 된 나의 내면이 돋보이는 시들이다. 1부에서 방황하는 나에게 힘

을 주었던 것은 엄마이고, 3부에서는 '오총사'로 만난 친구들
이 나를 지탱시키고 성장시킨 발판이라면, 4부에서 그런 힘을
제공하는 것은 바로 나 자신이다. 열패감과 외로움 속에서 갈
팡질팡하던 나는 어느덧 스스로 자존감을 회복하고 제법 단단
하고 성숙한 내면을 갖게 되었다. 「달팽이를 본다」는 그러한
나의 내면을 상징하는, 4부의 핵심이 되는 작품이다.

달팽이가 기어간다
달팽이가 가는 길에서는
시간도 꾸물거리며 기어간다
모처럼 급할 거 없는 세상
나는 가만히 앉아서 이 느린 생을 본다
등에 커다란 집을 지고
가는 듯 마는 듯 가고 있는 달팽이
가끔씩 집을 들락거리며 나를 쳐다본다
달팽이 눈에 비친 나는 어떤 모습일까
가도 가도 끝없는 길에 달라붙어
떨어질 줄 모르는 점액질의 몸이
미는 듯 마는 듯 뒤로 밀어낸
길을 만져 보니 축축하다
저렇게 여유로운 삶이
이토록 아픈 투쟁이었구나

햇살 한 줄기 떨어질 것 같지 않은
흐린 날
달팽이가 온몸으로 기어간다

　　　　　　　　　　　　　　　　　　—「달팽이를 본다」 전문

　성숙한 내면을 갖는다는 것은 무엇인가. 그것은 막연히 물리
적인 나이를 먹어 성인의 문턱에 이른다는 것이 아닐 것이다.
그러니까 그것은 단순히 '준어른'이 되어 간다는 것을 의미하
는 것이 아닐 것이다. 그것은 자기 생에 대한 의미를 깨닫고 그
것을 감당할 힘을 스스로 마련한, 내면의 단단함 같은 것을 이
르는 것이 아닐까. 그런 내면일 때 비로소 나는 누군가를 사랑
하는 마음을 갖게 되며, 그 마음을 온전히 누구에게 주고 싶다
는 생각을 하게 된다. 자신조차 감당하기 버거워하던 나는 내
삶뿐만 아니라 나 아닌 주변 누군가의 삶을 살피고 그것에 따
스한 손길을 내밀게까지 된 것이다. 열일곱 살 승연이가 스물
일곱 살 승연이에게 쓰는 편지는 그래서 더욱 숙연하고 진정성
있게 읽힌다. 마침내 "우리는 돌멩이만 한 심장을 안고/데굴데
굴 굴러서라도/저 먼 미래를 향해 갈"(「미래를 껴안다」) 자신감
을 갖게 된 것이다.

4

이 시집을 처음부터 끝까지 따라 읽노라면 나는 '학교 밖 아이'가 걸어가는 길을 물끄러미 따라가며 지켜보는 독자가 아니라 그 아이가 바로 나 자신이라는 것을 깨닫게 된다. 그러면서 어떤 이상한 위로와 마음의 평안 같은 것을 얻게 된다. 이 시집에 나오는 '학교 밖 아이들'은 웬일인지 단순히 제도권 학교에서 밀려난 청소년으로만 읽히지 않는다. 그들은 우리 사회의 한 귀퉁이에서 살아가는 소수자를 상징하는 것도 같고 혹은 주류에서 밀려난 우리 현대인들, 혹은 경쟁의 틈바구니에서 살아가는 내 자신의 삶을 슬며시 되비쳐 보여 주는 것도 같다. 이 시집은 나와 무관하게만 생각되었던 타자들의 아픔을 마치 나 자신의 아픔처럼 느끼게 만드는 힘이 있다. 또한 그런 아픔만을 느끼게 하는 것이 아니라 그런 아픔을 극복하는 과정을 과장되지 않게 찬찬히 보여 줌으로써 커다란 울림을 준다.

우리는 흔히, 말하고 싶은 것을 감추고 일부러 비트는 것을 시의 원리라 착각한다. 이 시집에 쓰인 평이한 어법이 우리에게 주는 시적 감동은 그런 시의 원리가 얼마나 편협한 것인지를 일깨운다. 이 시집의 성취는, 쉬우면서도 울림이 있는 시적 언어와 튼튼한 짜임을 가진 서사의 결합에 기인하고 있다. 이러한 형식의 착안과 개척으로 우리 청소년시의 영역은 그만큼 넓어졌다. 이 시를 읽는 청소년 독자들도 반길 일이라 생각한다.

해마다 평균 6만 명 가까운 아이들이 학교를 그만둔다고 합니다. 이 아이들을 우리는 '학교 밖 아이들'이라고 부릅니다.

학교 밖 아이들, 가만 불러 보기만 해도 먹먹해지는 건 왜일까요. 그건 어쩌면 이 아이들이 느낄 상실감, 소외감, 외로움, 불안…… 이런 일련의 감정들을 어렴풋이나마 짐작하기 때문일지도 모릅니다. 또 어쩌면 그것은 우리가 이 아이들을 제대로 돌아보지 못한 데서 오는 자책 때문인지도 모릅니다.

학교 밖 아이들에게는 그들이 이겨 내기 힘겨운 아픔들이 있습니다. 학교 폭력, 질병, 가정 폭력과 빈곤, 친구 관계 등으로 고통을 겪는 아이들이 많습니다. 이들 중 대부분의 아이들은 가정이나 사회의 제대로 된 보호를 받지 못한 채 스스로 이러한 무거운 짐을 짊어지고 힘겹게 살아 내고 있습니다.

제가 만난 예린이, 채은이, 미란이, 정우, 승연이, 지우, 수빈이, 혜영이, 은수도 제 나름의 아픔을 껴안고 힘겹게 하루하루를 버텨 내고 있었습니다. 때로는 울고, 때로는 분노하고, 때로는 좌절하고, 또 때로는 다시 일어서면서 격동의 청소년기 한가운데를 가로지르고 있었습니다.

저는 이 시집이 이 아이들을 괜찮아, 하고 위로하고, 넌 할 수 있어, 하고 용기를 주고, 잘했어, 라고 인정해 주는 그런 친구 같은 시집이었으면 좋겠습니다.

학교 밖 아이들을 바라보는 수많은 어른들과 또래 아이들도 이 시집을 통해 조금이나마 학교 밖 아이들의 아픔을 이해하고, 학교를 그만둔 건 단지 과정일 뿐이지 결과는 아니라는 것을 느껴 보고, 그네들을 다독이고 응원해 줄 수 있는 마음이 생겼으면 좋겠습니다.

지금껏 살아오면서 내게는 부모님만큼, 고향만큼 그리운 게 시였습니다. 한동안 시를 쓰지 못하고 있었기에 그 그리움은 간절했고, 그 간절함이 다시 시를 쓰게 했습니다.

시 쓰기, 그것은 나 자신에게도 삶의 아픈 부분을 치유하는 조용한 의식 같은 거였는지도 모릅니다.

2017년 3월
김애란

창비청소년시선 08

난 학교 밖 아이

초판 1쇄 발행 • 2017년 3월 20일
초판 5쇄 발행 • 2024년 4월 5일

지은이 • 김애란
펴낸이 • 김종곤
책임편집 • 서영희·정편집실
펴낸곳 • (주)창비교육
등록 • 2014년 6월 20일 제2014-000183호
주소 • 04004 서울특별시 마포구 월드컵로12길 7
전화 • 1833-7247
팩스 • 영업 070-4838-4938 / 편집 02-6949-0953
홈페이지 • www.changbiedu.com
전자우편 • contents@changbi.com

ⓒ 김애란 2017
ISBN 979-11-86367-49-0 44810